환대

황금알 시인선 57

환대

초판인쇄일 | 2012년 8월 17일
초판발행일 | 2012년 8월 30일

지은이 | 김정원
펴낸곳 | 도서출판 황금알
펴낸이 | 金永馥
선정위원 | 마종기 · 유안진 · 이수익 · 문인수
주 간 | 김영탁
편집실장 | 조경숙
표지디자인 | 칼라박스
주 소 | 110-510 서울시 종로구 동숭동 201-14 청기와빌라2차 104호
물류센타(직송 · 반품) | 100-272 서울시 중구 필동2가 124-6 1F
전 화 | 02)2275-9171
팩 스 | 02)2275-9172
이메일 | tibet21@hanmail.net
홈페이지 | http://goldegg21.com
출판등록 | 2003년 03월 26일(제300-2003-230호)

ⓒ2012 김정원 & Gold Egg Publishing Company Printed in Korea

값 8,000원

ISBN 978-89-97318-22-3-03810

환대

김정원 시집

황금알

| 시인의 말 |

한 자연주의자가
한 그루 정자나무 곁에서
한평생을 보낸다.
한결같은 거기 느티나무 닮은 노래
한 소절을 찾아서.
한길 그처럼 살다 가고파서.

2012년 여름
김정원

차 례

1부

바람

똥이었으면
좋겠다 기름진 밑거름 되어 사람과 짐승의 밥인
곡식과 채소의 먹이였으면
좋겠다 식량 주권을 팔아먹은 자유무역협정에 욱신거
리는 농부의
하얀 민들레 웃음이었으면
좋겠다 억울하게 쫓겨난 동료의 복직을 위해 투쟁하다
해고된
노동자의 눈물을 닦아 주는, 사회적 타살에 맞서는 사
랑이었으면
좋겠다 휠체어 탄 사람의 자유로운 출입을 가로막는
아득한 계단과 도로 턱을 허무는 곡괭이였으면
좋겠다 공활한 하늘 뜬구름 잡는 소리에서 뛰어내린
문장, 메마른 땅의 단비였으면
좋겠다 벼랑 끝에 몰린, 앞이 캄캄한 절망에게
살림의 빛 한줄기였으면
정말 좋겠다 내 시가

문학 쇠파리들의 눈에 띄지 않아도

환대

  나의 부모는 전라도 담양에 터 잡고 평생 일곱 마지기 논농사를 짓다 나뭇가지도 흔들지 않고 훌쩍 날아간 농부새였다
  그곳 삼간초가 둥지엔 항상 떠나지 않은 세 가지가 있었다
  등잔, 밥그릇, 이불

  어머니는 유리 씌운 호롱불 등잔을 처마에 내걸고 막 지은 밥 한 그릇을 안방 아랫목에 묻어 두는 것으로 매일 밤을 맞이하였고
  하늘빛 보자기로 싼 광목 이불이 터줏대감 노릇 하며 늘 대나무 시렁 위에서 묵언수행하고 있었다

  문턱을 무사히 넘을 수 있게
  등잔을,
  허기를 달랠 수 있게
  밥그릇을,
  추위를 녹일 수 있게
  이불을

미리 마련해 두어라, 어머니는 나에게 말한 적이 없었
다
우리 집을 찾아오는 사람은 누구든지 당신처럼 성심으
로 모시라고 가르친 적도 없었다
우러나 그렇게 살았을 뿐, 아무 바람의 그물도 치지
않았다

아름다운 편견

나는 편견을 가지고 있다
자전거를 타는 사람이
자동차를 모는 사람보다 더 크다는

자전거를 타는 사람은
자기 노동력으로
지구와 함께 깨끗이 자전하며
자본주의를 넘어선 주인이고

자동차를 모는 사람은
석유를 동력원으로
지구를 착취하고 더럽히는
자본주의에 엎드린 노예라는
나는 편견을 가지고 있다

네 발 남의 힘으로 가는 사람과
두 발 자신의 힘으로 가는 사람 중에서
누가 더 진화하고 위대한가

이 위인은 안다
자전거가 넘어질 때 넘어지는 방향으로
운전대를 꺾어야 바로 선다는 것을
넘어지는 반대쪽으로 운전대를 꺾으면
금방 넘어진다는 것을

작고 느린 길로 핸들을 돌려야
크고 빠른 도로가 무지른 상처가 아물고
건강하게 굴러가는 삶이라는

자전거를 타는 농부가
자동차를 모는 회장보다 더 크다는
나는 편견을 가지고 있다

눈물바다

느닷없이 베를린 장벽과 아우토반이
눈앞에 펼쳐진다
삼십삼 킬로미터

세계에서 가장 길다, 부끄러운 줄 모르고
부끄러움을 만방에 자랑하는
이 밋밋하고 무기력한 직선 도로 따라
동편 바닷물 내다보고 서편 바닷물 바라보며
터벅터벅 군산에서 부안으로 걸어가는데
갑문에서 웬 울음소리가 흘러나온다
방문객들은 물살이 세니 추락을 조심하라는 경고 방송이
고인 물과 살 섞고 너울너울 먼바다까지 퍼져가고
괭이갈매기들이 불안하고 초조하게 앉아 있는
수문이 꺼억꺼억 열리자 오래전에 갈라진
허연 두 바닷물이 와락 껴안고
세계에서 가장 긴 이별의 땅, 금강산 면회소에서
새만금 방조제 길이로 통곡하는

남녘 노모와 북녘 아들

눈의 변주

눈이
눈에 내려서
눈물이 나요

이 눈물이
눈물인가요
눈물인가요

아, 그렇군요
눈물이어서 차갑군요
눈물이어서 뜨겁군요

두 눈물이 겹쳐서 눈물을 주체할 수가 없어요
뼈만 앙상한 북한 아이의 눈물과
피 흘리는 아랍 소년의 눈물이

그 피눈물이 멈출 거예요
내가 먼저 네게 진심 어린 손을 내밀어
우리가 소통하고 공감한다면

불통과 적대감으로 동상 걸린 마음의
철조망, 피도 눈물도 없이
뾰족한

이념과 사상, 경제력과 군사력 경쟁을 넘어서
겨레가 통일을 이룰 거예요
세계가 평화를 꽃피울 거예요

낭만이 아녀요
만용도 아녀요
치기는 더더욱 아닌

그날이 눈앞에 어른거려서
눈이 눈에 내리지 않아도
절로 눈물이 나요

시의 길

파렴치한 정치와 과학이 정의하는
'효율적이지' 않은 것
'진실하지' 않은 것
떡 되지 않은 것을 찾아
몽상적이고 이상적인
반전 반핵, 그 오래된 미래를
내가 평화의 붓 되어 살지 않으면
평화로 가는 문학은 없다

미국이든
프랑스든
일본이든
한국이든
원전 '절대 안전'
이 불가사의한 오해의 깃발을 휘날리도록 조종하는
정부와 기관의 배후는
돈

이윤논리의 뿌리를 싹둑 잘라내는

톱날같이 날카로운 시에게
정말 나에게 달려 있다
지구의 종말이 올지 안 올지는

아까시

햇빛 나면 햇빛 쐬고
비 오면 비에 젖고
바람 불면 바람맞는다

한발 물러서지도 맞서지도 않는다
아무런 말도 없다
굳이 보여 주려고도 하지 않는다
내가 바라보는 거기, 어둡고 그늘진
그곳에 등불이 된, 깨끗한 생의
울림 송이들이 환할 뿐

바람에
꽃은 떨어져도
향기는 멀리 간다

뼛속까지 그윽한
그의 삶이 유언이다

겨울 나무

공기주머니보다 가볍고 홀가분하다

온 누리가 서슬 퍼런 한데인데
혼자만 따뜻하게 앉아 있을 수 없어서
진즉 벌거벗고 서 있다

부리가 시퍼렇게 언 파랑새를 사랑하기 때문에
기꺼이 시린 고통을 견디며
기도하는 성자

가장 아름다운 단풍잎, 그 재산을 아낌없이 내놓아
헐벗은 밑바닥에 빨간 별무늬 누비옷 입히고
눈길에 갈 곳 없는 벌레들을 서둘러 불러들여
포근히 감싼 자비

더불어 살자,
이른 거리에 나서면 어처구니없이 된서리 맞는 시절에
맞서
네 슬픔을 내 슬픔으로 지치지 않고 길어 올리는

우거진 숲을 꿈꾼다

옳은 일 하는데 영광을 얻으려고 나팔 불지 않고
하늘 향해 조용히 팔 뻗은 땅의 모세혈관, 그 속에
지며리 흐르는 열망으로
마침내 봄이 오고

푸름을 잃고 오래 주저앉아 있던 새가
절망의 가장자리를 박차고 더 높이 날 수 있게
가지가 밀어준다
투―욱

순산

한 치 앞
문이 안 보인다

터무니없이 구부러진 산도에
밤송이 하나가 툭, 떨어진다

험난한 땅에 거꾸로 아득히 떨어질 때
밤톨이 아프지 않게
밤송이엔 충격을 분산해 흡수하는
가시 범퍼가 무성하다

똘똘한 쌍둥이를 무사히 생산하고
가쁜 숨 고르는 밤송이

꼭 쥔 손을 쫙 편다

활짝 피어난
어머니의 자궁꽃

지는 엄마와 돋는 아이 사이 탯줄을 자르듯
나는 밤송이에서 토실한 밤알들을 꺼내
한 알은 낙엽으로 누빈 흙에 묻고
또 한 알은 흥부다람쥐에게 던져 준다

겨울을 견딘 존재들
싹트지 않는 봄이 있으랴

비행운

적막한 소리가
오금 저미는 아득한 병풍산 절벽을
태연하게 헤엄쳐 넘어온다

끝없이 깊고 티 없이 파란 11월 하늘엔
바람맞기 위해 태어난 운명도 있다
공항에서 이별할 때마다 풍이 와
날개가 굳고 다리가 굽는 아픔을
뒤돌아보지 않는, 강하고 날렵한
족속,
되레

파랑에 기대어 앞으로 나아가는
고고한 갈치 한 마리가
두 가닥 무명똥으로,
사뭇 낮아서 눈부시게 바라보는
무명한 사람들의 희망과 회한이 나란히
부질없이 동행하는,
임시로臨時路 알루미늄 철도를 놓고

서리의 낡은 좌석들
벼 밑동들만이 정연한,
문득 객실이 텅 비어버린 들
모두가 내리는,
공평한, 검은 종착역까진
아직 가야 할 길이 남아 있다

한 정거장

텔레파시

정지선에 장전된 자동차들은
이미 방아쇠에 검지가 올라간 총알이다

카운트다운 하는 파란 불이
연신 깜박깜박 사람의 걸음을 위협한다

백화점에서 나와 큰길 건널목을 달리는
차꼬 같은 여자 오른팔에서
검은 물개가죽 핸드백이 펄떡펄떡 뛴다

바다로 돌아갈 시간이 다가오자
물개 마음이 다급해진 것이다
머나먼 남극해에 물이 밀려 나갈 즈음

파장 무렵

언덕진 죽녹원 꼭대기에
거대한 사과가 뉘엿뉘엿 농익는 해거름
낙엽들이 나뒹구는 담양장터 국밥집에서
할머니 둘이 순댓국밥 드신다
딱딱하고 긴 의자에 앉아
네 모서리 닳은 콘크리트 식탁에 차린 반찬이라곤
붉은 주사위 같은 깍두기와 꼴뚜기젓갈밖에 없는데
후한 대접 받았소 하면서
서로 밥값을 내겠다고 다투신다
어렵사리 큰 할머니에게 항복한 작은할머니가
무명치맛자락 들어 올리자, 슬며시 엿보인 고쟁이에
손수 성글게 바느질해 단 어색한 주머니에서
살 내음 노동 냄새 진하게 밴 천 원짜리들을 꺼내신다
꼬깃꼬깃 뒤엉켜 늦잠 자는 그 지폐들을 깨워
반듯하게 펴고 가지런히 모아서
추성국밥집 주인에게 건네주는 할머니 마음이
쫄깃한 곱창 같은 골목길이다
계산대마다 개통한 단말기 고속도로를
메마른 신용 카드들이 쏜살같이 질주하는 하이패스 시대

한 젊은 사내가
생쥐 소리 지르며 숫자를 내민 종이 혓바닥
영수증에 찌익찌익 서명한다

느리게 살기 위해서

네 식구가 한 상에 둘러앉아 저녁밥 먹은 때가 언제던가

국회의원 선거철 어느 늦은 밤 퇴근하는데

이게 사는 겁니까?

우리 동네 파출소 앞 가로수와 가로수 사이에 팽팽한
진보당 펼침막이 내 뺨을 후려친다, 울고 싶었는데

매사에 최선을 다하지는 말자
십칠 퍼센트만 긴장하고 팔십삼 퍼센트는 이완하자
장거리 달리는 자동차 바퀴에 공기를 백 퍼센트 주입
하지 않듯이
다만, 회피回避가 해피happy한 지경까지 타락하지는 말자

잔별들이 옹알이하듯 혼자 주억거리며 집으로 돌아간다

추수감사절 주일 설교

전도자는 전도서 팔장 십오절에서
우리에게 권고합니다
먹고 마시고 즐기십시오, 하고
이것이 인간을 창조하신 하나님의 뜻입니다
먹고 마시고 즐기는, 즐거운 사람만이
이웃을 사랑할 수 있고
감사 기도를 올릴 수 있습니다
아프고 괴로운 사람이
범사에 감사하기는 쉽지 않고
주변 사람들을 성가시게 굴기 마련입니다
내가 앉은 자리보다 더 높은 곳은 없습니다
내가 놓인 처지보다 더 나은 곳도 없습니다
나보다 낮은 사람을 내려다보고 만족하고
나보다 높은 사람을 쳐다보고 자위하는 것은
올바른 감사가 아닙니다
내 수중에 든 보리떡 다섯 개와 물고기 두 마리를 직시
하고
거기서 늘 새로운 의미를 탐색하고 내일을 전망해야
합니다

나쁜 기억을 삭제하고 과거를 위장하는 사람
미래를 부풀려 환상하는 사람
지금 여기가 행복하지 않은 사람에겐
그 어디에도 천국은 없습니다
보세요, 베짱이는 개미를 괴롭히지 않습니다
개미가 베짱이를 괴롭히지,
일만 하지 말고
놀기도 하고 노래도 하고 춤도 추십시오
먹고 마시고 즐기면서

강대상 밑에서 목사님 말씀을 경청하는
배추는 속 차고 석류는 가슴 터지고 모과는 향기 내고
노자 닮은 아호를 찾은 나는
아멘!

지금부터 나의 필명은
호모 루덴스
'놀자'다

퇴임사

민 선생님이 정든 교단을 떠나신다
삼십삼 년 몸담은 학교 강당에서 퇴임사를 하신다
— 이제 겨우 알 만하니 떠나게 되었습니다.
지금부터 다시 가르쳐라 하면 잘할 수 있을 것 같은
데….
여러분, 안녕히 계십시오.

내 생의 퇴임사가 꼭 저럴 것이다
— 이제 겨우 눈을 뜨니 눈을 감게 되었습니다.
오늘부터 새로 시작하라 하면 잘 살 수 있을 것 같습니
다.
하느님.

미련도 집착도 아닐 것이다
가장 진실하고 가장 절절하고, 그래서
가장 아픈 뉘우침일 것이다

내가 하찮고 보잘것없다고 생각한 것, 거기에서
늘 벗어나고자 발버둥친 범부의 일상, 이것이

신이 그토록 살고 싶어 꿈꾸어 온 삶이었다는
가장 때늦은 깨달음일 것이다

신은 사람의 시간 속으로 내려오려고 애쓰는데
나는 아직도 영원만 부럽게 쳐다보고 있구나

예수님은 하늘 보좌를 버리고 낮은 곳으로 내려와
가난한 사람들과 병든 사람들과 갇힌 사람들을 돌보시
다가
십자가에 매달려 죽으셨는데
우리들 탐욕의 십자가에 못 박힌 자연은 피 흘리며 죽
어 가는데
평화와 통일이 되라고
이 땅은 소리쳐 부르는데, 나를

2부

가난의 대물림

나는 지하방에서
아들은 옥탑방에서
그의 아들은 어디에서
신혼 열차가 출발 기적을 울릴까

아무 데도 기적은 없고
아버지가 신포도주를 마셨으니
아들의 이가 시고 시릴 수밖에

회중시계

호주머니 속에 가만히 넣어 둬
자꾸 꺼내 보이려 하지 마
그런 싹수없는 마음이 생길 때면 위를 봐
하늘이 얼마나 높은지, 하늘처럼
높은 사람들이 얼마나 많은지
함부로 까불지 마 우쭐댈 일도 아니야
시간을 묻는 사람이 있거들랑 그때 잘 대답해 줘
다만 항상 지니고 다니며 부지런히 닦아야 해
계속 걷지[進步] 않고 멈추면[守舊] 죽으니까
죽으면 시간을 알 수 없어 난처해지니까
빛나는 학문이 없으면 가난한 당당함이 없고
땀나는 노동이 없으면 시가 없고
시가 없는 삶은
바람 빠진 풍선이니까
삶이 없는 시는
짠맛 잃은 소금이니까

반고와 이브

쓰러진 아버지의
숨결은 바람과 구름이 되고
목소리는 우레가 되고
왼쪽 눈은 해가 되고
오른쪽 눈은 달이 되고
손발은 산이 되고
피는 강물이 되고
힘줄은 길이 되고
살은 논밭이 되고
머리털과 수염은 별이 되고
몸 털은 초목이 되고
치아는 쇠가 되고
뼈는 돌이 되고
골수는 보석이 되고
땀은 비와 호수가 되고

시간도 없고 죽음도 없는 낙원은
오직 죽음뿐, 그 낙원에서
추방을 자청한 여인의 주체성은

신에게 빼앗긴 죽음을 되찾고
죽음으로 신의 꼭두각시놀음에서 벗어나
자발적인 인간 역사를 연 것
그가 낙원에 안주했다면
우리 삶은 무료의 연속일 게고
신에게 영원히 추방당할 게고

반고*가 쓰러지지 않았다면
우리는 고통의 종점인 자연으로
영영 돌아갈 수 없을 터
이 실낙원에 이 자연에
이브의 추방과 반고의 죽음이 있어
영원한 안식이 있고 고귀한 삶이
마침내 완성된다

* 반고 : 중국 신화에 나오는 인물로, 혼돈의 알을 깨고 천지를 연 거인.

난센스 퀴즈

저녁밥이 뜸드는 시간
먹이를 기다리는 제비 새끼들처럼
식탁에 둘러앉은 배고픈 식구들에게
아내가 난센스 퀴즈라며 묻는다
— 병든 자여, 내게로 오라. 이런 말을 할 수 있는 사
람은 누구일까요?

아들은 예수, 딸은 술꾼,
나는 내과 의사라고 대답했는데
— 내가 기대한 답은 고물 장수입니다.
하고 아내가 유희의 정곡을 찌르자 모두 자지러진다
압력솥도 참을 수 없었던지 김을 내뿜으며 뜨겁게 박
장대소한다
픽픽픽픽

형편없다

어린 아우와 철없는 형이
눈만 뜨면 싸웠다

형에게 대들다가 얻어맞은 아우가
엄마에게 달려가 일러바쳤다

엄마는 우는 아우를 달래며
부사리*처럼 씩씩거리는 형을 혼냈다

맞부딪치니
불꽃이 튀는 법

억울한 형이
부당한 엄마에게 일갈했다
— 우리 집안은 형편없다.
엄마는 맨날 동생 편만 들고.

엄마는 화내다가 웃었고
아우는 여전히 이해하지 못했다

형의 말뜻을

* 부사리 : 뿔난 황소.

산책

봄날 이른 점심 먹은 뒤
딸아이 손잡고 넉넉한 산에 든다

경사가 완만한 오솔길 따라 걷는
우리 산행은 좀처럼 진도가 나가지 않는다

아빠, 이것은 무슨 꽃이야?
별꽃이란다

아빠, 저것은 무슨 나무야?
국수나무란다

아빠, 요것은 무슨 벌레야?
나비애벌레란다

참, 아빠, 조것은 무슨 새야?
응, 직박구리란다

큰 신비가 작은 가슴을 열친 어린 눈에

산은 책이다

곡선이 직선에게 살림의 길 보여 주며
꿈틀꿈틀 산소를 널리 펴는
산 책

빽빽한 숲 서점에서 느린 발품으로
산 책

더디기만 하던 산책을 겨우 완독하고
임도와 차도 사이 인도에서 뒤돌아보니
딸아이는 가뭇없고 초록빛 선명한 산이
내게 묻는다

— 너는 바쁘게 어디로 가는가?

모정

　텔레비전에서 〈남극의 눈물〉을 보았다 앞은 낮실로,
뒤는 밤실로 뜨개질한 털옷 입은 펭귄들이, 얼음 벌판에
서 짝짓기하고 알 낳고 새끼 기르고 모진 눈보라 견디며
겨울나고 대를 이어가는 눈물겨운 이야기다 가장 신비
한 장면은, 어미가 백 킬로미터 이상 떨어진 바다에서
먹이를 가득 머금고 무리에 다시 돌아와 제 새끼를 찾아
내는 대목이다 석 달 넘게 헤어져 사는 동안 훌쩍 커 버
린, 고만고만한 수천 마리 새끼들 가운데서 어떻게 제
새끼 하나를 정확히 알아본 것일까 어미가 새끼를 허기
진 아비에게 맡기고 오징어를 찾아 먼바다로 떠나기 전
에 새끼 울음소리를 기억해 둔 것이라지만

　그보다 앞선 거룩함이 있으리라

　어머니의 기도는 늘 자식을 향하고
나침반이 없어도 사랑은 방향을 잃지 않는다
새끼가 동서남북 어디에 있든, 동서고금 언제든

　날개가 있어도 날지 못하도록 태어난 운명

자기가 물고기가 아니라고 의심한 적 없던 새가
자기는 물고기가 아니라 새라는 것을 확인했을 때
푸른 비상을 꿈꾸는 날갯짓은 원초적 절망, 그
위대함의 시작

절망까지 포월包越한 유영은 더욱 유연하고
고래 넘고 물개 건너 훤칠한 신사 숙녀로
언 따뜻한 어버이 땅을 찾아 어김없이 돌아올 테지만
꿈에도 본 적 없는, 찬 물결 높은 남극해를 향해
어색하고 불안한 걸음걸이로 떠나는 아이들 뒷모습을
까치발로 서서 바라보는 어미는, 노상
하얀 기대 반 검은 우려 반이다
이 세상 뭇 어머니들의 가슴처럼

제비꽃과 제비꼬리나비

나비는 꽃이 작다고 꽃을 업신여기지 않고
꽃은 나비가 버겁다고 나비를 거절하지 않는다

독사가 도사린 위험에도 나비는 꽃을 듣고
허리가 꺾이는 아픔에도 꽃은 나비를 읽는다

목마른 찾음과 살가운 만남은
얍복강 야곱의 기도에 무릎 꿇은 하나님의 응답

날씨가 매서워서만 겨울이 아니고
날씨가 따뜻해서만 봄도 아니다

절박한 마음을 냉정히 뿌리치고 뒤돌아선
사람의 뒷모습이 한겨울이고

이른 아침, 꽃이 배고픈 나비를 부르고
나비가 추운 꽃을 보듬듯이

지지배배 지지배배 지배하지 않고 배려하는
당신이 바로 완연한 봄이다

시아버지와 며느리

저물녘 시아버지가 사립문 나서며 며느리에게 말한다
— 내 저녁밥은 짓지 마라.
— 왜요?
하고 며느리가 여쭙자 그가 대답한다
— 다니다가 후덕한 사람 만나면 배불리 먹을 것이고
모진 놈 만나면 맞아 죽을 테니까.

모기 한 마리가 귓전에서 앵앵거리며 성가시게 군다
손바닥으로 냅다 치려는 순간
그 우화* 속의 시아버지 모기가 생각나서
얼른 손을 불러들여 이불을 들쓴다
후덕한 사람은 못 돼도 모진 놈은 되기 싫으니까, 나는

* 법정의 『서 있는 사람들』에서.

호박고지나물

울타리에 간신히 매달린 애호박들을 따 와서 도마에
올린다 부엌칼로 도톰하게 썰어대니 동그라미들이 도미
노처럼 쓰러진다
촉촉한 동그라미들을 일으켜 유골을 맞추듯 가지런히
양지바른 앞마당 파란 망 위에 늘어놓는다

네모난 바다에 줄지어 날아가는 갈매기 떼
가을볕에 반짝이는 만경창파
시간이 고스란히 녹슬면 잔물결들은 졸아들고 파도는
높아진다

어머니가 그 마른 잔물결의 흰 뼈들을 닦아 손에 쥐어
준다 갓 발견한 처녀 지구 같은 까만 비닐봉지 하나씩
자동차 트렁크에 싣고 자식들이 귀경한다

지난 추석 생각이 수평선 너머로 자취를 감추고 하늘
마음도 사람 마음도 아파트 꼭대기도 둥글게 달 뜬 대보
름날, 막걸리 세 병을 마루에 일렬행대로 세워 두고
프라이팬에 들기름 두르고 부탄가스 약한 불에 마른나

물 살살 볶아 가며 생수를 조금 붓고 소금으로 간하고
들깻가루 흩뿌리고 대파랑 다진 마늘이랑 검정깨랑 조
물조물 버무려 술상에 놓으면 그리움이 쫄깃쫄깃 되살
아나 물결치는

　고향 들녘, 늙은 호박에 말뚝 박고 짚더미에 불 지르
던 악동들이 막걸리 속에서 마구 떠올라 나는 대책 없이
사발을 들고 비운다

　무정한 세월아
　무심한 나와
　원 샷!

난제

초등학교를 졸업하던 날 점심때부터 줄곧
내가 해결하지 못하고 주춤거리는 문제가 있다
짜장면 먹을 것인가, 짬뽕을 고를 것인가
차림표 앞에서 섣불리 결정하지 못하고
탕수육, 깐풍기, 팔보채, 유산슬, 라조기, 양장피, 난
자완스…
눈으로만 두루 화려하게 여행한 뒤
서민의 종점에서 하차해 결국 짜장면 주세요, 한다
이렇듯 짜장면 시킨 날은 짬뽕이 몹시 그립고
짬뽕을 주문한 날은 짜장면이 못내 아쉬워
주방을 오래도록 바라본다
'가지 않은 길' 같은 간間짜장이 있지만
그 샛길엔 애초 길든 적 없고, 그래서 언제나 갈등이다
젓가락만으로 서럽게 가락을 맞출 것인가
젓가락과 숟가락이 어울린 장단에 흥겹게 춤출 것인가
갈등으로 애정이 깊어지고 소주잔으로 애환을 달래며
머리에 성글게 눈 내린, 계란 두 줄 반의 나이에도 여
전히 망설인다
춘장이 깔끔하고 구수한 짜장면을 먹듯

‘하고 싶은 일’을 먼저 하고 ‘해야 할 일’을 할 것인가
국물이 얼큰하고 개운한 짬뽕을 먹듯
‘해야 할 일’을 먼저 하고 ‘하고 싶은 일’을 할 것인가
‘하고 싶은 일’과 ‘해야 할 일’이 상사화처럼 서로 어긋
나는 나에게
귀화한 두 중국 음식은 가격보다 가치를 고민하게 하는
생각의 은유다

데푸콘 쓰리

울타리 노릇 하는
대나무들이 북쪽으로 마구 쓰러지고
배지구름이 순식간에 하늘 뒤덮는다
마루에서 목침 베고 곤히 잠든 아버지가
쓰나미의 전조를 예감하고 진즉 동산으로 피신한
야생 동물의 본능으로
우둑, 우둑, 우두둑, 소낙비 듣는 소리를 감지하고
한밤중에 무장하고 집합하라는 소대장처럼
몽유병 앓듯 벌떡 일어나 벼락 치신다
— 비 온다. 비가 온다. 후딱 나락 담자. 빨래 걷어라.

초소만 한 안방에서 마당으로
마파람보다 더 잽싸게 후다닥 뛰쳐나온
형수는 된장독 뚜껑 닫으러 뒤뜰로 달려가고
누나는 마당에서 바지랑대 잡아당기고
어머니는 헛간에서 소쿠리를
형은 창고에서 가마니를
어린 나는 마루 밑에서 당그래를 가져와
비닐을 들고 선두에 선 아버지의 숨 가쁜 지휘 아래

한바탕 전쟁을 치른다
벌써 짚시랑물이 은구슬로 꾀여 주룩주룩 굴러떨어지고
지붕에선 느자구없는 수탉이 꼬끼오, 나팔 분다
분통 터지고 맥 풀리게 금세 맑게 갠 변덕스런 늦가을의
한가운데서, 우리는 서로 내려다보고 웃는다
늘 패전만 해도 원망하지 않고 진땀 나게 살아온
투박하고 착하고 젖은 맨발들을

영원한 동행

과수원에 태풍이 몰아친다
풀밭 위로
배 곁에 배가 떨어진다
먼 길 가는데
홑 종이옷마저 너무 무겁고 거추장스러워서
홀랑 벗어던지고
푸른 침대에 나란히 누운 둘

— 함께 갑시다.

나뭇잎 하나 까딱 않는 저녁

소가 쇠죽을 깨작거린다 더위 먹어 입맛이 없는 모양
이다 풍경 소리가 외양간에서 마당으로 기어나온다 모
깃불이 하늘로 게으르게 잿빛 시골길을 낸다 감나무와
대추나무 사이에 납작 엎드려 꼼짝도 않는 거미가 밀잠
자리를 노린다 외로운 흑산도

그 섬의 팽팽한 긴장 아래 대나무 평상에서 식구들이
수제비 먹고 느긋하다 나는 포만한 아들의 배를 쓰다듬
으면서 별들을 쳐다본다 총총, 안방 텔레비전에서 먼 나
라 전쟁 소식이 전자 오락하듯 문턱을 넘어온다 미군이
상공에서 폭탄을 떨어뜨린다 너덜너덜한 누더기가 된
이라크 아이, 아들이 그 친구에게 미안한지 하느님에게
항의하듯 내게 따진다

— 아빠, 하느님이 사람들에게 자유를 준 건 실수한
거여요. 하느님이 사람들의 발을 묶어두었어야 해요. 별
들처럼 제자리에서만 맴돌도록. 그랬다면 사람들은 싸
우지도 못하고 세계는 평화로울 텐데요.

— 네 말도 맞다. 그러나 만일 하느님이 그런 실수를
하지 않았다면 나는 사랑하는 아들을, 너는 동무 같은
아빠를 만나지도 못하고 우리는 서로 꼭두각시 자동인

형들처럼 어둠 속에서 차갑게 바라만 보겠지. 우리가 날
마다 사랑하며 살라고 하느님은 일부러 실수한 거야. 자
유는 사랑을 위해 쓰일 때 위대하거든.

논두렁

빗물이 배여 삽자루가 무겁다 여름 한낮의 무더위가 수그러든다 무논에서 아버지와 모내기를 준비한다 나는 우리 논을 좀더 넓히려고 일없이 논두렁에서 흙을 잘라 내는데 아버지는 자꾸만 논두렁에 흙을 붙여대며 말씀하신다

— 애야, 논두렁은 경계가 아니란다. 보라, 아랫논에서 단번에 뛰어오른 개구리가 논두렁에서 거친 숨을 고르고 가지 않느냐. 우렁이를 포식한 백로도 논두렁에서 시름을 탈탈 털어 버리고 날아가지 않느냐. 꽃바우마을 아재도 이 논두렁을 밟지 않고는 건너 논으로 갈 수가 없지. 그러니 논두렁은 되레 경계를 허무는 통로이고 찰방찰방 물을 고루 나눠 담는 그릇이란다. 보라, 저 넓은 들이 내 눈에는 한 논으로만 보이는구나. 온 들판이 홍수가 나면 우리 논도 홍수가 나고 온 들녘이 풍년이 들면 우리 논도 풍년이 드는 법이지.

— 아제, 막걸리 한 사발 들게 얼른 와~.

찰진 우애로路와 맨발을 섞고 지나가다 우리 논의 물꼬

를 봐주는 꽃바우마을 아제를, 아버지가 양손으로 나팔
을 만들어 부르신다

3부

가을날의 호사

과꽃이 지고 국화가 핀다
옆 빈자리가 휑하여
화분을 방 안에 모시고 잠을 청한다
아내처럼 끌어안고 함께 누울 수 없어서
넉넉한 향기 품에 몸을 묻는다
꽃 속에서 귀뚜라미가 월광곡을 부르고
국화는 차가운 달빛을 삼켜 김 나는 운문을 토해 낸다
나는 그 은빛 불립문자를 고조곤히 좋아할 뿐
꿈 깬 새벽녘 된서리가 퍼렇게 내려도
한길 한복판을 묵묵히 걸어갈 뿐
이 길이 한사코 겨울로 깊어질지라도
섣불리
개나리를 부러워하지 않는다

검정콩을 먹으며

조림한 검정콩을 먹으며
사랑을 생각한다

처음으로 배우는 젓가락질
끝내 방바닥에 떨어뜨리고만
서투른 첫사랑

그 여자네 집 담벼락에서
서성이다 돌아가고 돌아가다 되돌아와서
서성이다 서성이다 속만 태우다 아예 돌아간
밥상 보시기에 수북한 콩과 견줄 수 없이
숱한 용기 정전된 밤들

이가 아프도록 도시락을 따라다니던
고등학교 자취생의 짜고 마르고 가난한
밑반찬 사랑

빛고을 오월 아벨들은 떳떳이 가고
살아남은 자들은 온전히 하늘을 쳐다볼 수 없었던

모진 카인의 민주주의 사랑

틈만 나면 일을 벌이는
힘이 철철 넘치고 피가 펄펄 끓는
아이들 사랑

그 아이들을 오래 기다리고 존중하는
교육 동지들 사랑

조림한 검정콩을 먹으며
다시 생각한다
하늘과 땅과 사람의 결정結晶인
눈물 섞인 땀방울들을

밤의 사냥꾼

　새벽 다섯 시, 지붕마다 된서리가 핀다 네거리 신호등 너머로 거침없이 날아가는 총알택시도, 술 취한 가장이 발을 내디딜 때마다 우뚝우뚝 치솟는 길바닥도, 가로수 붙잡고 부엉부엉 우는 여자도 도무지 가리지 않고 통째로 꿀꺽 삼키는 밤은, 잡식성이다

　검은 두부 어둠이 토해 내는 펠릿*엔 흰소리들의 뼈가 지천이고, 먹잇감들이 지나갈 만한 목, 황금빛 쌍무지개가 밤새움하는 맥도날드 앞, 귀가 쫑긋하고 목이 유연하고 얼굴이 납작하고 눈이 둥근 사냥꾼이, 양손에 쥔 휴대 전화기 액정 화면을 번갈아 보며 사람들을 노린다

　파르테논 신전보다 더 큰 교회 꼭대기 붉은 십자가가 낮달빛으로 퇴색해 간다 거리에 비틀거리는 들쥐들이 보이질 않는다 곧추선 아랫도리가 묵직해진 새끼들이 오줌 누러 밝아 오는 고해의 세상으로 입수할 무렵, 부실한 오동나무 구멍에 외풍이 심하다 옥탑방으로 돌아가는 대로가 오히려 갑갑한 부엉이, 그 걸음걸이가 영락없이 하늘로도 날아가지 못하는 쿠마에**의 늙은 무녀의 것이다

　확 트인 자유가 숫제 어둔 감옥인 대리운전사의 차갑

고 핼쑥한 동녘 항아리에 미네르바의 해가 게으르게 떠
오른다

* 펠릿 : 부엉이가 먹잇감을 삼킨 다음, 소화할 수 없는 뼈나 털 따위는
  모래주머니에 모아 두었다가 토해 내는 덩어리.
** 쿠마에 : 엘리엇의 「황무지」에서.

아파트

새도 둥지가 있고 여우도 굴이 있다
미물인 도롱이 벌레도 나뭇잎이 있는데
수두룩하다, 머리 둘 곳 없는 사람들이

띄엄띄엄 흩어져 제 손발로 보금자리를 짓지 않고
북적북적 한 곳에 떼 몰려 살며
돈으로 팔고 사기 때문이다

빚으로 집을 산 사람은
입주한 날 밤부터 가난의 거미줄에 걸려든
잠자리가 되고, 이제
잠자리가 거미줄을 소유한 것이 아니라
거미줄이 잠자리를 칭칭 얽어맨 것이다

토인을 야만인이라고 치부하는 문명인은
기껏해야 영악한 야만인이거나
염치없는 뻐꾸기에 지나지 않은 것을

빨주노초파남보집

서울 전역에 가을비가 내렸는데도
유독
강남의 한 타워펠리스에만 무지개가
두 개나 뜬다
나는 어느 것 하나 당최 잡을 수가 없어서
오두막이라도 좋으니 우리 집에서 살자는
내 아버지인 어린 아들의 죽비로
속 가슴 시리게 얻어맞고 귀향하는
젖은 차창 밖
오래전 상경할 때 지나친 관산觀山처럼
그냥 쳐다보기만 한다

저 멀고도 높은 래인보우來人保宇* 아파트를

* 래인보우來人保宇 : rainbow.

회칠한 무덤

전북 고창에서 전남 담양까지 검은 직선을 그었다 아
직 타르가 온전히 마르지 않았는데도 자동차들이 잔득
한 기름기를 다지며 쌩쌩 달린다

정겨운 성산마을을 쪼개 흉측한 기형리畸形里로 만든 그
직선은 파렴치하기 짝이 없다 달리는 자동차 소음을 차
단하는 시늉 하려고 도로 양쪽에 세운 방음벽이 녹색이
다

나는 홀쭉한 그림자 앞세우고 논길을 걷다가 그 막막
한 방음벽에 가로막혀 발밑을 내려다본다 어치 까치 꿩
매 황조롱이 멧비둘기가 걸쭉한 피를 머금고 죽어 있다

새들은 알 적부터 입력된 유전자 지도 따라 이 숲에서
저 숲으로 건너가 좀 쉬자 했을 터, 거기가 위장림僞裝林
인 사지일 줄이야…

녹색 휴게실에 내려앉는 순간 본능을 유혹한 수직의
둔기, 악마의 꽃화살에 맞아 타살된 주검들 속으로 개미
와 구더기가 스멀스멀 파고든다

플라스틱 벽에 녹색을 칠한다고 숲이 되랴

양의 탈을 쓴 늑대의 숲에 새들이 깃들 수 없듯 급조한
녹색 성장, 이 한참 어긋난 플라스틱 낱말plastic word*에

야생과 강과 진실과 미래가 짓뭉개져 객사 중이다

* 플라스틱 낱말plastic word : 듣거나 읽는 사람에 따라서 의미가 달라지는
단어.

수신
— 배수홍

한 아이가 돌멩이를 던진다
온종일 산그림자 끌어안고 요지부동인 호수가 모처럼
동그르르르, 파안대소하는

과녁을 향하여 화살이 날아간다

명궁은 날아가는 화살을 보고
과녁을 명중할지 안 할지 가늠하는 것이 아니라
팽팽히 당긴 시위에서 화살을 놓는 순간 이미 확신한다
거친 호흡과 잡념과 흔들림이 묻은 시위에서 달린 화
살은
여지없이 과녁을 빗나가고
고른 호흡과 집중과 자신감이 짱짱한 시위를 박찬 화
살은
틀림없이 과녁에 꽂힌다는 것을

그는 자신을 향하여 화살을 쏜다
바람 한 점 없는데도 맞히기 가장 어려운
명중시켜야 할 삼독*의 표적이 자기 안에 있기 때문이다

그는 그를 죽인다
날마다

_* 삼독三毒 : 탐욕, 분노, 우매

궂은 날의 정의

비 오고
눈 내리고
바람 부는 날이
궂은 날이 아니라네

도로 내고
보 세우고
바다 메우는 날이
바로 궂은 날이라네

해와 달과 별은
서로 침범하지 않고
항상 제자리에 떠 있는데

우주에
맑은 날과 궂은 날이
어찌 따로 있겠는가

사람 생각대로

인간 본위로 사는
모든 날이 궂을 뿐이라네
풀 나무 새 벌레 물고기 개구리에겐

인권이 시혜보다 앞선다

위 목사는 소현이를 천사님이라고 부른다 이 호칭을
들을 때마다 소현이처럼 나도 몹시 거북하다 천사님이
라고 부르지 않아도 그는 천사처럼 아름다운 주일 학교
선생님이고 소현이라는 예쁜 이름이 있는데 왜 자꾸 천
사님이라고 부르는지 도무지 알 수가 없다

휠체어 탄 그를 위한다고 그러는가 위 목사가 약이라
고 생각한 것이 그에게는 독이 되고 그를 다른 존재로
보이게 한다는 사실을 모르는가 천사도 아니고 짐승도
아니고 위 목사와 꼭 같은 사람, 소현이를 소현이라고
불러다오 자신도 인식하지 못한 차별 의식, 스티그마*가
뼛속까지 스민 위 목사여 소현이는 정상인이라오 예컨
대 장애의 준거를 아인슈타인에게 맞춘다면 위 목사나
나나 형편없는 지적 장애인이 아니오?

정상과 비정상, 비장애인과 장애인의 기준, 그것은 누
가 정하는가 비장애인이 정상이라는 이데올로기 아래
장애인은, 비장애인이 자기중심으로 자기 마음대로 정
한 범주일 따름이라오

그리고 제발 소현이 같은 사람들을 ‘장애우’라고도 부
르지 마시오 목사를 ‘목사우’라고, 교사를 ‘교사우’라고

부르지 않듯
　말은 인권의 출발선이라오

* 스티그마 : 장애는 정상과 비정상의 이항 대립적 구분법에 따라
비장애인을 낙인찍는 사회적 이데올로기에 의해 생산된다. 이 과정에서
오염된 사회적 정체성이 형성된다. 어빙 고프만Erving Goffman은 이를
'스티그마Stigma'라고 불렀다. 스티그마는 일종의 오점, 또는 타자화의
징표로 사회가 한 개인을 '정상'이라는 범주에 받아들이는 것을 방해한다.

매화나무 아래서

늙은 매화나무 한 그루가
젊은 할미꽃 허리 같은 길가에 서 있다

향기롭게 산 자만이 훌쩍 떠날 수 있는
사선으로
산들바람이 누런 흙바닥 종이에
흰 점자들을 찍는다

말 못 하고 앞 못 보는 나뭇가지가
습자지 두께만 한 그늘손으로
그 빼곡한 점자책을 읽는다
볼록한 방향芳香의 돌다리를 짚어서

더듬더듬, 나비가
아직 아픔이 가시지 않은 빈 꽃자리에
벌써 실實한 이세를 독촉하는
낙화의 오후

단명한 점자들이

지루한 몸을 뒤척이기도 하는
오고 감이 난분분한
길목에서

나는 점자책을 쉰 해도 더 지나쳐 왔지만
점자를 한 자도 골똘히 마음으로 보고 배운 적 없어서
나무에게 줄거리를 물었더니
저자인 바람이 먼저 제목을 흩날린다

『봄날은 간다』

불사제 不死際

수령樹嶺 육백 년
마을 수령首領에게 올리는 고사가 끝났다

사람들이 느티나무 몸속 동굴에
황토를 집어넣고 시멘트로 발라 갈무리했다

이 늙은 정자나무가 죽으면
인심이 사나워지고 쉴 그늘이 없어진다며
사람 걱정이 태산인 마을사람들
산 사람을 위해 나무가 죽지 못하게
풍악을 울리고 막걸리를 뿌려대지만
나무 생각은 조금도 하지 않았다

고목이라고 어찌 죽고 싶을 때가 없겠는가

어둠이 개밥바라기별에 점등할 무렵
수령樹靈의 고통을 구제하는 소리
딱따구리가 우듬지에서 범종을 치고 있었다

억지로 나이를 먹이다*

자고 나면 신형 자동차들이
다투어 거리를 달린다
십 년 된 자동차는 고물이고
이십 년 된 자동차는 골동품 취급을 당한다

오십 년 묵은, 낡은 시인이
장난감 같은 골동품을 타고 다니다가
길 가운데 멈춰선 날
정비소에 끌고 가 고치려고 하는데
부품이 없다
신형 제품을 출시하면서
구형 부품 생산을 중단한 것

폐차할 수밖에 없듯
지혜의 과거로 이어지는 다리를 끊고
안정과 변화와 전통 사이의 균형을 깨며
공유한 기억을 뿌리 뽑는 사회는
소름 끼치게 그 종말도 재빨리 달음질쳐 올 터

함께 일하고 서로 보살피면
이 푸른 별에 낮게 드리워진 공멸의 먹구름이 걷히고
메마른 우리도 다시 촉촉해지지 않을까
'지구를 살리자'는 터무니없이 공허한 구호나 외치지
말고

* '인위적 노후화'를 말한다. 이것은 신제품을 내놓으면서 구형 제품의
  유지와 관리에 필요한 부품 생산을 중단하는 방법으로, 구형 제품을 버릴
  수밖에 없도록 하는 것. ─『이반 일리치와 나눈 대화』에서.

화폐신

　화영이는 오늘 보너스를 받았다 점심때 은행에서 수표로 인출해 핸드백에 넣어 두었다 오후 내내 일이 손에 잡히지 않았다 마침내 퇴근길, 핸드백을 들여다보며 서울 중심가로 달려갔다 욕망의 해방구, 허영의 각축장, 소비의 전쟁터, S백화점으로 넘어가는 무지개다리가 산들바람보다 더 가벼웠다

　그녀는 두근두근 엘리베이터에 올라탔다 갑자기 신분이 수직 상승했다 궁중 연회에 초대받은 공작부인처럼 거대한 유리문 열고 당당하게 들어섰다 밖은 춥고 어두웠지만 안은 화사하고 온화했다 할인 코너에 벌 떼처럼 붕붕거리는 아줌마들을 속으로 비웃으며 서둘러 명품관 쪽으로 발길을 재촉했다

　역시 명품관은 그녀를 실망시키지 않았다 세련된 사람들이 출입구에 일렬로 늘어서 있었다 그녀는 오늘의 출입 제한 인원, 스무 명 안에 간신히 들었다 늘씬한 총각 점원이 자동 유리문 앞에 대기하고 있었다 허리를 구십 도로 꺾어 인사를 했다 그는 후각이 뛰어났다 자본이 혹독하게 훈육한 인간 셰퍼드였다 기막히게 돈 냄새를 맡았다 핸드백 안에 웅크린 수표를 사냥하기 위해 아예 속

내를 드러내지 않았다 그녀와 눈이 마주칠 때마다 살가운 미소를 선사할 따름, 발 빠른 주구가 되어 그녀의 시선이 머무는 구두, 구두, 구두마다, 구두로 그 희소성과 가치성을 게거품 물고 브리핑했다 가까스로 그녀가 꿈에 그린 분홍빛 하이힐을 골랐다 이 가죽신에 그녀의 발을 집어넣느라 쿵덕거리는 그의 탄탄한 엉덩이는, 마님의 말초신경을 자극하기에 충분히 섹시한 눈요깃감이었다

황홀한 잔치는 오르가슴처럼 짧았다 쇼핑백을 든 나른한 사람들이 에스컬레이터에 붐볐다 모두가 단체 사진 속에 직립한, 울긋불긋한 뒷산이었다 자기 자유가 간섭받고 침해당하는 것을 미리 차단하기 위해, 암약보다 더 철저하고 무관심하게 서 있었다 기꺼이 서로서로 표정 없는 배경이 되어 주었다

휘휘한 주차장에서 찬바람이 얼굴을 휙 할퀴고 지나갔다 금요일 밤은 춥고 어둡고 허전했다 자꾸 하이힐을 바라봐도 수표를 들여다볼 때처럼 행복하지 않았다 이미 젊은 사냥개에게 사로잡혀 죽은 행복을 되살리려고 애쓰면 애쓸수록 더욱 서늘하게 마음의 소매를 파고드는 색바람은, 결여감뿐이었다 잠시 강림하여 예수 노릇 하

던 수표가 굽 높은 루이뷔통으로 승천하는 순간, 보너스
는 통장을 스쳐 갔다 인자의 주검이 십자가에서 절망스
럽게 내리듯 귀족 부인은 단박에 팍팍한 노동자로 떨어
졌다 굽신굽신 꼬리 치던 인간 사냥개도 없었다

싱싱한 청춘을 머슴으로 부리고, 검은 것을 희게, 추
한 것을 아름답게, 나쁜 것을 좋게, 늙은 것을 젊게, 비
천한 것을 고귀하게 하는*, 신념으로 불신하는 사람도
무의식적으로 숭배하는 신, 내세의 지복만을 약속하는
미심쩍은 하나님과는 달리, 현세의 행복을 손에 쥐여 주
는 이 신실한 신을 어찌 다시 꿈꾸지 않으랴, 신의 꿀젖
을 맛본 모던 걸이

타자의 타자의 타자의… 욕망**을 광신하는 화영이는
날개가 없고, 어지럽지 않은 쾌락이 있으랴

* 셰익스피어의 『아테네의 티몬』(4막 3장)에서.
** 강신주의 『상처받지 않을 권리』에서.

광고의 진실

콘크리트처럼 청소년들의 머리를 마비시키려고
반복해서 떠들어대고 퍼뜨린다

그들은 오늘의 손님이기도 하지만
확실한 내일의 고객이기도 하니까

소비와 이윤의 봉으로 앳된 나방들을 유혹하는
화려한 죽임의 전광판에
— 아이폰 없이 살기가 손 없이 사는 것보다 더 어렵다.
라는 꽃뱀의 독설이 기어간다

4부

우중

삼층집 옥상에서 화단을 내려다본다

크나 작으나 기울지 않은 나무가 없다

사느라 굽고 비틀거리는 것들, 말도 못하고

비에 젖고 바람맞으며 함께 서 있다

꽃무릇

바람의 선발대가 사납게 설치고 다녔다
미루나무가 자지러지고
이파리들이 소나기 소리를 냈다
개구리는 연못에서 뛰어올라 돌 틈에 숨고
참새는 처마 밑으로 파고들었다
사람들조차도 집 안에 들어앉아 거리가 한산한데
돌담 옆 꽃무릇만이 겁도 없이 솟아났다
대번에 꽃대가 부러졌다

산이며 길이며 마당이 난장판이었다
생가지 이파리 간판이 아무렇게나 나뒹굴었다
해 아래 모든 것이 어지럽게 신음하는데
장독대에서 대추나무 아래에서 텃밭 구석에서
꽃무릇들이 거침없이 꽃대를 밀어 올렸다
뜨거운 갈망, 솟아나는 열정, 끓어 오르는 힘을
멈출 수도 멈추게 할 수도 없다는 듯이
그 어떤 소란과 태풍의 박해에도

무애

아이가 책상 위에서 논다

큰스님이 그려 준 부처님 그림을
쫙쫙 찢으며
깔깔깔

아무 거리낌도 바람도 없이
마냥 즐겁게 부처를 죽이는, 저
무구한 애기의 이름은

무애無碍

들국화

초등학교 일 학년생이 그린 햇살이다

오만가지 해찰하며 느릿느릿
담양 남산 올라가는 길가에 핀 꽃
구월 구일에 채집해야 약효가 뛰어나다 하여
구절초라 했다는 살신성인의 풀꽃
부처님이 미소 지을 때 생기는
눈가 잔주름살만 한 바람이
풍요로운 가난을 사리사리 흔들면
쥐밤들이 툭툭 떨어지는 산밤나무 아래서
처음 만나는 사람에게도 아홉 번 절하는
내가 '들국화'하고 부르기 좋아하는 그 꽃을
차마 그냥 지나칠 수가 없다

먼저 온 줄무늬다람쥐와 옹달샘 물을 달게 나눠 마시고
무수리 걸음걸이로 바짝 다가가
맞절하듯 허리 굽혀 그윽이 눈 맞추니
옆으로 누운 흰 물레방아들이 톱니바퀴로 돌며
온 산에 향기 방아 찧고 있다

골수에 사무치도록 매끈한 향기와 몸을 섞다
나도 깨끗한 한 송이 톱니바퀴 되어 돌아간다

딱따구리가 치는 작은북 소리에 발맞춰 돌아가다가
저문 길에서 뒤돌아보면
철없이 향기로웠던 물레방앗간 사랑
지금은 거꾸로 돌아가지 않는

외도

가을걷이가 끝난 빈들
길쭉한 그림자 앞세우고 길 걷는다

외길에 깡마른 도꼬마리가
사람의 면바지 붙잡고 늘어진다

중년의 권태에 무릎 꿇고
잠시 살맛 나게 한눈판다

뿌린 내도 거둔다는 농부의 말 믿고
지친 강물이 바다에 안기는 데서

벅찬 일출을 사모하며 고즈넉한 일몰을
한 아름 안고 돌아간다

조강지처에게 털어놓지 못하고
미리 대문 밖 수풀에 숨겨 놓은 씨

훗날 여기 태어날 아비 닮은 신생아를

날마다 지척에서 보리라고

엄연한 불망비, 돌덩이로
외도外島를 세워 둔다

아내의 핀잔

산에서 알밤을 줍다가
아무래도 이상해서
위를 쳐다본다

나뭇가지에서 매섭게 쏘아보는 다람쥐가
쯧쯧쯧 언짢은 소리를 낸다

눈칫밥 먹는 고아처럼
구박받는 며느리처럼

밤나무 보기가 민망해서
놀고먹는 놀부 같아서

그 놀부 욕심 여전히 버리지 못한 나는
깐깐한 집안들을 뒤져 여문 딸 중에서
가장 토실하고 매끈한 낭자만 골라
호주머니에 보쌈한다

반질반질한 미인들을 식탁에 꺼내 놓다가

아무래도 수상해서
뒤를 돌아다보니
아까 본 다람쥐 눈총으로
아내가 핀잔을 준다
— 친구들의 겨울 양식을 약탈해 오면 어떻게 해요,
쯧쯧쯧.

나는 다람쥐에게 미안하고 아내에게 부끄러워서
훔친 돈을 아무도 몰래 제자리에 돌려놓는 아이처럼
밤에 밤을 밤나무 밑에 가만히 갖다 둔다

간장을 달이다

간장을 달이다
깊은 생각에 빠졌다 그 사이
간장이 펄펄 끓어올라
냄비 뚜껑이 화들짝 바닥으로 뛰어내렸다
나는 얼른 가스 밸브를 잠그고
간장 냄새가 이웃집까지 범람하지 못하게
식탁에 막대향을 피웠다
향은 간장 냄새를 가로막으려고 보를 쌓지도
떠밀어 내려고 완력을 행사하지도 않았다
오히려 탕자를 훈훈하게 끌어안고
저 자신만 온전히 태우는 아버지
이미 불태운 헌신과 공적은 서슴없이
하찮은 재로 털어 버리고
한층 몸을 낮춘 막대향은
소리 없이 온 집안을 향기로 드높이고
한 생이 발목에 덧없이 저물어
가장 뜨겁고 붉고 아름다운 꽃일 때
직수굿하게 스러졌다
스러진 뒤에는 홀로 처진 자리를 차지했다
나무 향대가 조금도 그을리지 않도록

대보름날에

내가 나고 자란, 함초롬한 면소재지에는 초등학교와 중학교가 있었다 새까만 촌놈이 고등학교에 다니기 위해서 광주로 유학을 갔다 고향에 다시 돌아와 살지 못하리라고는 생각지 못했다 대학을 졸업하고 육군 병장으로 만기 전역했다 상급 학교에 진학해 영문학 공부를 계속하다가 얻은 교사 자리도, 신혼생활도 도시에서 시작했다 그 사이 부모님도 돌아가시고 형제들도 떠났다

엊그제 정월 대보름날 오후, 쥐불놀이와 오곡밥이 무진장 그리웠다 참으면 병날 것 같아 무작정 옛집을 찾아갔다 낯익은 고샅에서 퇴색한 빈집을 기웃거리고 있었다 지나던 꼬부랑 할머니가 흘깃흘깃 쳐다보며 이 낯선 사람에게 물었다
— 뉘시오? 집 보러 왔소, 땅 사러 왔소?

기어이 돌아와 농사짓고 싶은 고향에서 나는 졸지에 부동산 투기꾼으로 추방당했다 내가 자초한 일이지만 그냥 되돌아설 수밖에 없는 마음이 솔차니 허허했다 등뒤 시린 보름달, 어둠이 무장무장 빠져나가는 저 뺑 뚫

린 하늘의 물꼬처럼

　그래도 언젠가 해배 되어, 배고픈 어린 자식 목구멍에
밥 넘어가듯, 바닥이 쩍쩍 갈라진 내 볏논에 물이 콸콸
쏟아지는 물꼬 곁에, 장한 농사꾼의 깃발같이 삽을 꽂아
세워 두고, 고즈넉하게 혼자 앉아서, 오지게 오지게 바
라보는, 그날에 대한 꿈은 결코 저버릴 수가 없었다

　마을 어귀 가축 무덤들 지나
　농부늘 마음같이 푸석푸석한 논길에서
　나는 찰진 꿈을 꾼다, 사치스럽고 염치없지만

　달님, 제 소원을 들어주소서!

가을과 겨울 사이

그들이 동산 목욕탕에 간다
열쇠와 돈을 교환하듯
햇빛을 받고 산소를 내준다
울긋불긋한 옷들
위에서부터 하나씩 하나씩 벗은
샛강 같은 알몸들이 체중계에 올라
차렷!
지난 계절은 무성했고
단단한 살갗 터지게 속살이 쪘다
디지털 숫자가
낮은 데서 높은 데로 빨갛게 달린다
덩달아 세월도 빠르게 달음박질쳐서
벌써 성에 젖니 돋은
투명한 환절換節 문 열고 들어간다
엄동설한 예방 주사 맞듯
찬비로 이드거니 샤워하고
냉탕에 오롯이 담기는 겨울나무들
내면에서는 소리소문없이
폭이 촘촘한 연륜의 중심에

돌잔치 하는 동심원 하나가
제 몸 들어 눕히고 있을 것이다
반성하듯 오래된 맨팔을 활짝 벌리고
춥고 가난한 새들을 기다리는
된바람이 몰아쳐도 크게 흔들리지 않을
저 수직의 우람한 성자들

궂은 날

소낙비가 연신 싸대기를 후려치고
태풍이 갈비뼈 부러지게 걷어찬다

그래도
괜찮다
괜찮다

스스로 다독이며
아프게
아프게

용트림하는 소나무, 작지 않다
맞서지도 탓하지도 않고
도리어 바람을 빌어
마르고 병약한
이파리와 잔가지들 떨어뜨리고

더 잘 서 있다

길에서 길을 만나다

서리가 서슬 퍼런
논배미 모퉁이 쇠똥더미에
민들레꽃 한 송이 핀다

대지는 넓고 봄날도 있는데
하필 이런 곳에 정착해 이런 때 필까

파란만장한 인생길이다

그래서
더 노랗게
더 희귀하게
더 오래 만개한

그런 길도 있구나

위치

한재골 칼바람도 장애물이 되지 못한다
과녁은 들쥐
새매가 쏜살같이 꽂힌다

가실이 끝난 이 힘찬 들녘이
쓸쓸하다고 말하는 사람은 농부가 아니다
서늘한 풍경으로
멀리서 바라보는
멀리서 온 길손일 따름

못자리에서 탈곡까지 뜨거운 현장이었던
십일월 빈들은
무사히 초산한, 안도하고 대견하고 흐뭇한
산모의 얼굴이다,
떨어지고 깨지고 부서지고 갈라지고
다시 만나
느리고 빠르게 흘러온 영산강이
새로운 시작을 꿈꾸는 바다다,
농부에겐

벌써 쟁기질한 흙이 파도치는 논 옆
메타세쿼이아 아래서 손 흔드는 나는
차가운 풍경인가, 치열한 현장인가,
담양군내 버스 기사에겐

한재골 된바람이 나에게 닦달하는
물음이 그치지 않는다

— 너는 지금 어디에 서 있느냐?

단 하나

넘어진 곳에서 문득 생각나는
아름다운 추억 한 쪽이
아흔아홉 번 나를 일으켜 길을 걷게 한다

막막한 밤, 머리 위에서 반짝이는
별빛 같은 희망 한 줄기가
아흔아홉 번 나를 일으켜 길을 걷게 한다

아플 때 말없이 품고 눈물을 닦아주는
따뜻한 사람 한 가슴이
아흔아홉 번 나를 일으켜 길을 걷게 한다

행복한 조건이 백 가지라도
그 단 하나의 추억과 희망과 사람이 없어서
나는 아흔아홉 번 궁핍하고

불행한 여건이 아흔아홉 가지라도
그 단 하나의 추억과 희망과 사람이 있어서
나는 백 번 부요하다

최선을 다하지 말자

홍 기 정(문학평론가)

피에르 클라스트르Pierre Clastres는 『국가에 대항하는 사회』에서 우리와 다른 경제관념을 지닌 원시부족민들의 이야기를 전한다. 그때까지 돌도끼를 쓰고 있던 그들은 서구인들이 그것보다 능률이 10배는 좋은 쇠도끼를 주었을 때, 다음과 같은 선택 상황에 부딪혔다고 한다. 그것을 가지고 동일한 시간을 일해서 생산량을 10배로 늘릴 것인가, 아니면 같은 양을 생산하면서 노동시간을 1/10로 줄일 것인가. 자본주의 문명사회에서는 당연히 전자의 선택이 선호된다. 후자와 같은 선택을 하는 경우 게으름뱅이라는 딱지를 면하기 어렵다. 그러나 원시부족민들의 선택은 후자였다고 한다. 그들은 많이 생산해서 쓰고 남은 것을 축적하려 하지 않고, 오로지 쓸 수 있는 만큼의 양만을 생산하려 했다고 한다. 그래서 그들은 많이 만들기 위해서가 아니라 짧게 일하기 위해서 그 쇠도끼를 구하려 했다고 한다.

클라스트르가 전하는 이야기가 우리에게 인상적인 이

유는, 무한경쟁사회에서 우리가 상상할 수 없었던 완전히 다른 방식의 삶을 그것이 상상하게 해주기 때문이다. 사실 원시부족민들의 선택은 그것의 좋고 나쁨 여부와 관계없이, 자본주의 사회에 사는 우리로서는 애초에 엄두도 내기 어려운 것이다. 우리에게는 사실상 그러한 선택 상황이 존재하지도 않는다고 할 수 있다. 우리에게 선택은 하나뿐이다. 동일한 시간으로 많은 양을 생산하는 쪽을 선택하지 않으면 도태되는 사회에 우리가 살고 있기 때문이다. 능률이 높은 도구가 공개되어 나왔을 때 그것을 구해서 노동시간을 줄이는 선택을 하는 사람은 단순히 게으름뱅이라는 딱지를 얻는 것만이 아니라 일자리 자체를 잃는다. 정신머리를 뜯어고치지 않고서는 그는 일자리를 다시 구하기 어렵다.

클라스트르가 소개한 원시부족민들의 선택은 우리로 하여금 삶에서 정말로 중요한 것이 무엇인가 하는 문제에 대해 다시 생각해보게 한다. 많은 것을 갖는 것인가 아니면 많은 시간을 노는 것인가. 우리에게 주어진 몇십 년 남짓한 삶의 시간 대부분이 생산을 위한 것이어도 좋은가 아니면 더욱 많은 시간이 즐기기 위한 것이어야 하는가. 우리는 최대한 많이 생산하다가 죽는 것이 좋은가 아니면 최대한 많이 누리다가 죽는 것이 좋은가. 만약 후자에 동의한다면 우리는 서구인들이 이해할 수 없었던 원시부족민들과 같은 생각을 하는 것이다. 한나 아렌트Hannah Arendt는 『인간의 조건』에서 행복은 노동과 휴

110

식의 순환에 있다고 말했다. 노동이 지나치게 강조된 삶
이나 휴식만이 있는 삶은 행복하지 않다고 했다. 정상적
인 경우에 휴식만이 있는 삶은 사실상 불가능하다. 만약
우리가 행복하지 않다면, 그 이유는 노동이 지나치게 강
조된 삶을 살고 있기 때문일 가능성이 크다. 우리나라는
OECD 국가 중 근로자의 노동시간이 가장 많은 국가이
다.

　좀 전의 문제에 대해서 시인 김정원은 아마도 적극적
으로 후자의 입장을 지지할 것 같다. 그는 자신의 시에
서 단호하게 '매사에 최선을 다하지는 말자'라는 다짐을
하는 사람이다.

　　매사에 최선을 다하지는 말자
　　십칠 퍼센트만 긴장하고 팔십삼 퍼센트는 이완하자
　　장거리 달리는 자동차 바퀴에 공기를 백 퍼센트 주입하
　지 않듯이
　　　　　　　　　　　　　　　－「느리게 살기 위해서」부분

　'최선을 다하자'라는 말은 우리가 어렸을 때부터 귀에
못이 박이도록 들어온 말이다. 최선을 다했나 그렇지 않
았나 하는 것이 성공과 실패보다도 더 중요한 것이라고
우리는 어려서부터 배워왔다. 그래서 '최선을 다하지는
말자'라는 시인의 다짐은 신선하면서도 다소 황당하게
들린다. 하지만 '최선을 다하자'라는 말이 무조건적으로

좋은 말인지 다시 생각해볼 필요가 있다. 그것은 정말로 의심할 여지가 없는 하나의 미덕인가? 그것을 미덕으로 여기게끔 하는 것은 혹시 어떤 특별한 사회적 조건은 아닌가? 그것은 근면한 일꾼을 필요로 하는, 많이 생산해내는 것 자체를 목적으로 하는 사회가 우리에게 주입해온 하나의 이데올로기적 관념은 아닌가? 만약 그렇다면 '최선을 다하지는 말자'라는 시인의 다짐은, 그러한 경제제일주의의 성장이데올로기로부터 삶 자체를 구해내기 위한 한 가지 기도가 될 수 있을 것이다. 그것은 역으로 최선의 삶을 살기 위한 한 가지 방법이 될 수 있을 것이다.

　동일한 맥락의 이야기를 「추수감사절 주일 설교」에서는 목사님의 설교말씀 속에서 끄집어낸다.

> 전도자는 전도서 팔장 십오절에서
> 우리에게 권고합니다
> 먹고 마시고 즐기십시오, 하고
> 이것이 인간을 창조하신 하나님의 뜻입니다
> 먹고 마시고 즐기는, 즐거운 사람만이
> 이웃을 사랑할 수 있고
> 감사 기도를 올릴 수 있습니다
>
> (……)
>
> 지금 여기가 행복하지 않은 사람에겐

그 어디에도 천국은 없습니다
보세요, 베짱이는 개미를 괴롭히지 않습니다
개미가 베짱이를 괴롭히지,
일만 하지 말고
놀기도 하고 노래도 하고 춤도 추십시오
먹고 마시고 즐기면서

강대상 밑에서 목사님 말씀을 경청하는
배추는 속 차고 석류는 가슴 터지고 모과는 향기 내고
노자 닮은 아호를 찾은 나는
아멘!

지금부터 나의 필명은
호모 루덴스
'놀자'다

─「추수감사절 주일 설교」 부분

　시인은 이 작품에서 목사님의 말씀을 빌려 '먹고 마시고 즐기십시오'라고 우리에게 권한다. 또 '일만 하지 말고/ 놀기도 하고 노래도 하고 춤도 추십시오'라고 권한다. 이 권고는 '인간을 창조하신 하나님의 뜻'으로까지 격상된다. 오랜 옛날부터 숱하게 많은 철학자가 인간의 존재 목적이 행복의 추구에 있다고 말해왔던 것과 같이, 목사님의 설교말씀 속에서도 우리는 이곳에서 기꺼이 우리 자신의 행복을 추구해야 하는 존재들이다. 우리가 우리 자신의 행복을 돌보는 것은 우리를 만든 신의 의지에 부합하는 일이다. 이러한 관점에서 개미와 베짱이 이야기마저도 기존과 달리 재해석된다. 쉬지 않고 일하는 개미의 태도보다는 적당히 놀기 좋아하는 베짱이의 태도가 오히려 권장할 만한 삶의 태도로 제시된다. 우리는 일꾼으로서가 아니라 인간으로서의 우리 자신을 자각해야 한다. 일에 있어 우리가 최선을 다하지 않아야 하는 이유는, 그럴 때에야 비로소 인간으로서의 최선의 삶이 가능해지기 때문이다.

'최선을 다하지 말자'라는 다짐은 여유를 갖고 살자는 다짐과도 같다. 이러한 생각이 다짐의 형태로까지 나타나는 것은, 그리고 목사님의 설교 말씀에서 권면의 형태로까지 나타나는 것은, 그만큼 우리가 여유 없는 사회에 살고 있다는 사실을 방증하는 것이기도 하다. 어쨌거나 시인의 정신세계에서 이러한 여유의 추구는, 다양하게 나타나는 인간의 허물과 결함에 대해서도 너그럽게 용인하고 받아들이려는 태도로 이어진다. 그러한 태도를 선명하게 보여주는 작품이 「나뭇잎 하나 까딱 않는 저녁」이다.

소가 쇠죽을 깨작거린다 더위 먹어 입맛이 없는 모양이다 핑경 소리가 외양간에서 마당으로 기어나온다 모깃불이 하늘로 게으르게 잿빛 시골길을 낸다 감나무와 대추나

무 사이에 납작 엎드려 꼼짝도 않는 거미가 밀잠자리를 노
린다 외로운 흑산도,

　그 섬의 팽팽한 긴장 아래 대나무 평상에서 식구들이 수
제비 먹고 느긋하다 나는 포만한 아들의 배를 쓰다듬으면
서 별들을 쳐다본다 총총, 안방 텔레비전에서 먼 나라 전
쟁 소식이 전자 오락하듯 문턱을 넘어온다 미군이 상공에
서 폭탄을 떨어뜨린다 너덜너덜한 누더기가 된 이라크 아
이, 아들이 그 친구에게 미안한지 하느님에게 항의하듯 내
게 따진다

　— 아빠, 하느님이 사람들에게 자유를 준 건 실수한 거
여요. 하느님이 사람들의 발을 묶어두었어야 해요. 별들처
럼 제자리에서만 맴돌도록. 그랬다면 사람들은 싸우지도
못하고 세계는 평화로울 텐데요.

　— 네 말도 맞다. 그러나 만일 하느님이 그런 실수를 하
지 않았다면 나는 사랑하는 아들을, 너는 동무 같은 아빠
를 만나지도 못하고 우리는 서로 꼭두각시 자동인형들처
럼 어둠 속에서 차갑게 바라만 보겠지. 우리가 날마다 사
랑하며 살라고 하느님은 일부러 실수한 거야. 자유는 사랑
을 위해 쓰일 때 위대하거든.

－「나뭇잎 하나 까딱 않는 저녁」 전문

　이 시는 어느 더운 여름날 동촌 집의 평상에서 수제비
로 저녁 식사를 마친 아버지와 아들이 이라크 전쟁을 주
제로 대화한 것을 기록한 시이다. 뉴스에서 전쟁 소식을
접한 아들이 먼저 아버지에게 '하느님이 사람들에게 자

유를 준 건 실수'라고 말한다. 자유가 주어졌기 때문에 사람들이 서로 다투고 죽일 수 있게 되었다는 것이다. 이에 대해 아버지는 아들의 말에 긍정하면서도 '우리가 날마다 사랑하며 살라고 하느님은 일부러 실수한 거'라고 답한다. 자유가 없으면 다툼도 없겠지만 서로 사랑하며 사는 것도 불가능하다는 것이다.

아버지의 말에서 중요한 것은 자유에 대한 이러한 견해가 아니라, 불완전한 인간 세계에 존재하는 결함을 아버지가 큰 불만 없이 용인하며 받아들인다는 것이다. 아들은 신이 창조한 이 세계가 왜 이리 완벽하지 못하냐고 묻는다. 아버지는 신이 세상에 완전하게 개입하여 다툼의 여지가 없는 세상보다는, 신이 세상에 불완전하게 개입하여 다툼의 여지도 있고 사랑의 여지도 있는 세상이 더 좋은 세상이라고 대답한다. 아버지는 이 세계의 완벽하지 못함을 수긍하고 받아들이며, 그런 채로 그 안에서 긍정적인 길을 발견해 보려 한다.

김정원의 다른 작품들 예컨대 「퇴임사」나 「반고와 이브」 같은 작품들에서도, 이러한 불완전한 인간 세상과 인간의 삶에 대한 사랑이 표현되어 있다. 그런 작품들에서 인간의 삶은 '신이 그토록 살고 싶어 꿈꾸어 온 삶'으로 나타난다. 신화적 관점에서 보면 인간 세상은 신이 기꺼이 만든 것이니, 그것을 신이 꿈꾸어 온 세상이라고 말하는 것도 일견 타당해 보인다. 그러나 신이 정말로 인간 세상을 부러워하든 안 하든, 그런 긍정적인 마음을 갖고 세상을 바라보는 것은 의미 있어 보인다. 불가佛家에서는 자주 시비是非를 가리는 것이 모든 소란과 소음의 원인이라고 말하곤 한다. 때로 여러 현실문제에 대해 비판적인 관점을 가질 필요가 있지만, 기본적으로 우리가 불완전한 세상에 머물다 갈 수밖에 없다는 것을 고려했을 때, 시비를 가리지 말라는 불가의 가르침은 경청할 만하다.

그런데 김정원이 말하는 '신이 그토록 살고 싶어 꿈꾸어 온 삶'이란 구체적으로 어떤 것일까? 「나뭇잎 하나 까딱 않는 저녁」의 내용을 참고해보면, 그것은 허물과 다툼이 없는 삶이 아니라, 그런 것이 있더라도 더불어 사랑과 인정이 있는 삶일 것이다. 아마도 「데푸콘 쓰리」와 「파장 무렵」에 보이는 시골 촌동네의 삶이 바로 그러한 삶이 아닐까 한다. 이 두 편의 시는 이 시집에 실린 작품 중에 가장 아름다운 작품들에 속한다.

울타리 노릇 하는
대나무들이 북쪽으로 마구 쓰러지고
배지구름이 순식간에 하늘 뒤덮는다
마루에서 목침 베고 곤히 잠든 아버지가
쓰나미의 전조를 예감하고 진즉 동산으로 피신한
야생 동물의 본능으로
우둑, 우둑, 우두둑, 소낙비 듣는 소리를 감지하고
한밤중에 무장하고 집합하라는 소대장처럼

몽유병 앓듯 벌떡 일어나 벼락 치신다
— 비 온다. 비가 온다. 후딱 나락 담자. 빨래 걷어라.

초소만 한 안방에서 마당으로
마파람보다 더 잽싸게 후다닥 뛰쳐나온
형수는 된장독 뚜껑 닫으러 뒤뜰로 달려가고
누나는 마당에서 바지랑대 잡아당기고
어머니는 헛간에서 소쿠리를
형은 창고에서 가마니를
어린 나는 마루 밑에서 당그래를 가져와
비닐을 들고 선두에 선 아버지의 숨 가쁜 지휘 아래
한바탕 전쟁을 치른다
벌써 짚시랑물이 은구슬로 꾀여 주룩주룩 굴러떨어지고
지붕에선 느자구없는 수탉이 꼬끼오, 나팔 분다
분통 터지고 맥 풀리게 금세 맑게 갠 변덕스런 늦가을의
한가운데서, 우리는 서로 내려다보고 웃는다
늘 패전만 해도 원망하지 않고 진땀 나게 살아온
투박하고 착하고 젖은 맨발들을
—「데푸콘 쓰」 전문

언덕진 죽녹원 꼭대기에
거대한 사과가 뉘엿뉘엿 농익는 해거름
낙엽들이 나뒹구는 담양장터 국밥집에서
할머니 둘이 순댓국밥 드신다
딱딱하고 긴 의자에 앉아
네 모서리 닳은 콘크리트 식탁에 차린 반찬이라곤

붉은 주사위 같은 깍두기와 꼴뚜기젓갈밖에 없는데
후한 대접받았소 하면서
서로 밥값을 내겠다고 다투신다
어렵사리 큰 할머니에게 항복한 작은할머니가
무명치맛자락 들어 올리자, 슬며시 엿보인 고쟁이에
손수 성글게 바느질해 단 어색한 주머니에서
살 내음 노동 냄새 진하게 밴 천 원짜리들을 꺼내신다
꼬깃꼬깃 뒤엉켜 늦잠 자는 그 지폐들을 깨워
반듯하게 펴고 가지런히 모아서
추성국밥집 주인에게 건네주는 할머니 마음이
쫄깃한 곱창 같은 골목길이다
계산대마다 개통한 단말기 고속도로를
메마른 신용카드들이 쏜살같이 질주하는 하이패스 시대
한 젊은 사내가
생쥐 소리 지르며 숫자를 내민 종이 혓바닥
영수증에 찌익찌익 서명한다

—「파장 무렵」 전문

「데푼콘 쓰리」에서는 흔한 옛 시골집 정경이 매우 실감
나게 그려져 있다. 평온하게 낮잠이나 즐길 만한 어느
가을날, 갑작스럽게 내린 소낙비에 온 가족이 뛰어나와
비상 걸린 군인들처럼 잽싼 동작으로 장독 뚜껑 덮고,
빨래 걷고, 나락 담느라 서두르는 모습은 정겨운 웃음을
선사한다. 자연의 작은 변덕에도 부리나케 뛰어다녀야
하는 전근대적 불편을 감수해야 하는 시골 생활이지만,

이런 정겨운 웃음이 있는 삶이라면 '신이 그토록 살고 싶
어 꿈꾸어 온 삶'이라고 해도 좋지 않을까?

　마찬가지 이야기를 「파장 무렵」에 대해서도 할 수 있
다. 시골 국밥집에서 순댓국밥을 드신 할머니 두 분이
서로 밥값을 내겠다며 다투는 장면, 그리고 마침내 다툼
에서 이긴 할머니가 치맛자락 속 고쟁이에 어설프게 만
들어 매단 주머니에서 꼬깃꼬깃한 천 원짜리 지폐를 꺼
내 가지런히 펴 건네는 장면은 정겨운 웃음을 유발한다.
마지막 부분에 따로 제시되어 있는, 최신 자동화 설비로
고속도로 이용요금을 지불하게 되어 있는 편리한 현대
식 사회보다는, 이런 할머니들의 정겨운 다툼과 웃음이
있는 사회가 '신이 그토록 살고 싶어 꿈꾸어 온 삶'이 펼
쳐지는 장소일 것이다.

　지금까지 김정원의 작품들을 여유와 관용이라는 관점
에서 살펴보았다. 그런데 사실 김정원의 작품들 가운데
많은 부분을 차지하는 것은, 여유와 관용으로 세상을 긍
정하며 바라보는 작품들이 아니라, 오히려 비판적인 태
도로 세상일에 대해 시비를 따져 묻는 작품들이다. 여유
와 관용적 태도의 소중함을 아는 시인이 이러한 시들을
쓰는 이유는 아마도 작금의 현실상황과 관련된 어떤 절
박함 때문인 것으로 보인다.

　톱날같이 날카로운 시에게

120

정말 나에게 달려 있다
지구의 종말이 올지 안 올지는

—「시의 길」 부분

　반전 반핵과 원전 반대의 입장을 표명한 「시의 길」에서 시인은 '지구의 종말이 올지 안 올지'가 '정말 나에게 달려 있다'고 말한다. 핵위기가 지구 종말을 코앞으로 앞당길 수 있는 문제라는 데 대해서는 많은 사람이 공감하고 있다. 심지어 과학자들은 얼마 전 세계 여러 나라의 핵 관련 문제들을 검토한 끝에 지구종말시계Doomsday clock가 자정 5분 전을 가리키고 있다고 선언하기까지 하였다. 이는 종전보다 1분 앞당겨진 것이며, 그만큼 과학자들이 핵문제와 관련된 현재 상황을 심각하게 바라보고 있다는 것을 보여준다. 이러한 사정을 생각하면, 우리 대부분이 이 문제를 남의 일처럼 바라보는 것은 지나치게 둔감한 것이라 할 수 있다. '정말 나에게 달려 있다'라는 한 문장은, 모두의 무관심에도 자신만은 이 문제에 대해 관심과 책임을 회피하지 않겠다는 시인의 결연한 자기 다짐을 보여주는 것이다.

　시인이 비판적으로 바라보는 현실문제는 비단 핵문제만이 아니다. 환경문제, 노동자문제, 장애인문제, 주거문제, 명품소비와 광고 등 소비문화문제, 자유주의 무역협정과 새만금 방조제 사업, 4대강 사업 등 정부 정책과 관련된 문제 등에 대해서도 시인은 날 선 비판을 가한다. 그는 이 모든 문제의 배후에 자본주의가 자리 잡고 있다고 보는 것 같다. 그래서 다양한 현실 문제에 대한 비판이 자본주의에 대한 비판으로 수렴될 때가 많다.

　김정원의 시에는 현실에 대응하는 다른 방법에 대한 모색이 있다. 이 또 다른 현실 대응 방법은 산문적이지도 않고 공격적이지도 않다. 그것은 조용히 자기 자신을 지키는 것이다. 어떤 현실에 직면하든 맞서지 않고 물러서지도 않은 채 침묵 속에서 자기 자신을 지키며 가만히 버티고 서 있는 것. 이것이 김정원 시에서 발견할 수 있는 현실 대응의 또 다른 방법이다. 이것을 무위無爲의 대응법이라고 해두자. 우리는 그 구체적인 모습을 「아까시」와 「궂은 날」 두 편의 시를 통해 살펴볼 수 있다. 두 편 모두 나무에 관한 시인 것은, 묵묵히 자기 자신을 지키고 서 있는 것이 나무의 이미지와 잘 어울리기 때문일 것이다.

　　햇빛 나면 햇빛 쐬고
　　비 오면 비에 젖고
　　바람 불면 바람맞는다

　　한발 물러서지도 맞서지도 않는다
　　아무런 말도 없다
　　굳이 보여주려고도 하지 않는다
　　내가 바라보는 거기, 어둡고 그늘진

그곳에 등불이 된, 깨끗한 생의
울림 송이들이 환할 뿐

바람에
꽃은 떨어져도
향기는 멀리 간다

뼛속까지 그윽한
그의 삶이 유언이다

―「아까시」 전문

　「아까시」의 '아까시'는 우리가 흔히 아카시아라고 잘못 알고 있는 나무의 제대로 된 이름이다. (아카시아acacia는 오스트레일리아를 중심으로 열대와 온대지역에 분포하는 상록수이다. 아까시locust는 낙엽수로서 아카시아와는 다른 분류에 속한다. 아까시를 가짜 아카시아false acacia라고도 부른다) 이 시에서 아까시는 수도승과 같은 모습을 하고 있다. 언제나 한결같은 모습으로 서 있으면서, 비가 오든 바람이 불든 햇빛이 비치든 자신에게 주어지는 것은 무엇이든 그대로 받아들인다. 좋아하는 것을 구하려 하지도 않고, 싫어하는 것을 피하려 하지도 않는다. 애초에 좋아하는 것과 싫어하는 것이 있는지 없는지도 알 수 없다. 그렇게 자신의 속을 드러내지 않은 채 침묵 속에 서서, 어떠한 적敵이 자신에게 와도 맞서지 않고 물러서지도 않는다. 그러면서 스스로 밝은 꽃을 피워 그 향기와 빛으로 자연스럽게 주변에 감화를 일으킨다. 시인이 바라보는 '어둡고 그늘진/ 그곳'은 그 때문에 저절로 환해진다. 때로 사나운 바람에 꽃이 떨어질 때도 있다. 그러나 오히려 향기는 그 바람을 타고 더욱 멀리 날아간다.

소낙비가 연신 싸대기를 후려치고
태풍이 갈비뼈 부러지게 걷어찬다

그래도
괜찮다
괜찮다

스스로 다독이며
아프게
아프게

용트림하는 소나무, 작지 않다
맞서지도 탓하지도 않고
도리어 바람을 빌어
마르고 병약한
이파리와 잔가지들 떨어뜨리고

더 잘 서 있다

-「궂은 날」 전문

「궂은 날」의 소나무는 태풍 바람을 맞고 있다. 세차게 몰아치는 비바람 속에 연신 휘청거리며 몸을 제대로 가누기도 어렵지만, 그 폭력적인 상황을 괜찮다 괜찮다 하는 자기 위로로 견디어 나간다. 그는 자신을 박해하는 현실의 박해자들에게 몸이 만신창이가 되도록 두들겨 맞으면서도, 그들에게 맞서지 않고 또 그들을 책하지도 않는다. 마치 박해받는 예수가 누구에게도 화내지 않았듯이, 오히려 자신에게 주어지는 모든 박해를 감내하면서도 〈저들은 저들이 하는 일을 모르고 있나이다〉 하면서 신을 향해 용서를 구했듯이, 소나무도 안으로만 자신을 다스려가며 고통을 견디면서 자신의 자리를 지킨다. 태풍이 지나간 후의 상황을 보여주는 '도리어 바람을 빌어/ 마르고 병약한/ 이파리와 잔가지들 떨어뜨리고// 더 잘 서 있다'라는 문장은 사뭇 감동적이다. 그것은 〈모든 것이 협력하여 선을 이룬다〉는 진리를 자연의 사례를 통해 입증한다.

「이까시」와 「궂은 날」이 보여주는 무위의 대응법은 맞서지도 않고 물러서지도 않고 탓하지도 않는 것을 특징으로 한다. 간디의 비폭력 불복종주의와도 닮아 있는 이 대응법은, 예수의 생애와 말씀에서 그리고 불가의 스님들 말씀에서 자주 볼 수 있기도 하다. 그만큼 그것은 정신의 높은 차원과 닿아 있는 대응법이라 할 수 있다. 하지만 그것은 급박한 현실문제와 관련해서도 적절한 실효성을 갖는 대응법이 될 수 있을까? 「아까시」와 「궂은 날」의 결론은 공히 현실의 폭력적 상황에 대해 박해받던 주인공이 승리하는 것으로 되어 있다. 그러나 이러한 결론은 지나치게 낙관적인 것으로 보인다. 현실에선 박해받던 주인공이 견디지 못하고 쓰러져 버리는 일도 비일비재하기 때문이다.

시인이 그러한 낙관적 전망을 시의 결론으로 삼을 수 있었던 것은, 시인이 가지고 있는 자연의 섭리에 대한 믿음 때문으로 보인다. 「궂은 날」에서 소나무가 사나운 바람 덕에 오히려 약한 가지들을 정리할 기회를 잡게 되었다는 이야기나, 「순산」이라는 시에서 밤송이에 달린 가시가 충격을 흡수해 주기 때문에 높은 곳에서 떨어져도 밤알에 손상이 가지 않는다는 이야기 등은, 자연의 섭리 안에 험난한 상황에 대한 대비책이 이미 마련되어 있을 것이라는 믿음을 갖게 한다. 그것은 아마도 사실일 것이다. 그러한 대비책이 진화의 과정에서 마련되어 있을 것이라는 믿음은 과학적 근거가 있는 믿음이다. 그러나 자연이 아닌 인간 현실에서 특히 윤리적 문제와 관련하여서는 그러한 믿음이 유지되기 어렵다. 우리가 사는 현실에서 사필귀정事必歸正의 믿음이 자주 배반당하곤 한다는 것을 우리는 경험으로 알고 있다.

그렇다면 무위의 대응법은 현실적 문제에 대해서는 적절한 실효적 해법을 기대하기 어려운 대응법인가? 함부로 답하기 어렵지만 상당한 한계를 가질 수밖에 없다는 것을 염두에 두어야만 할 것 같다. 그런데도 우리가 무위의 대응법을 존중하고 선택해야 할 다른 이유가 있다. 그것은 무위의 대응법이 높은 인간 정신의 구현과 닿아 있는 것이기 때문이다. 무위의 대응법은 이익을 가져다 주기 때문이 아니라 아름답고 훌륭한 것이기 때문에 선 택할 만한 것이 된다. 무위를 권장하는 사람이 최후의 승리를 약속하는 것은 옳지 않다. 무위를 선택하여 결국 패배에 이르고 만다 할지라도, 그것은 선택할 만한 가치 가 있는 좋은 것이기 때문에 선택할 만한 가치가 있다. 그러므로 그것은 용기 있는 자만이 선택할 수 있기도 하 다. 만일 운이 좋다면, 그는 후대에 추앙받는 행운을 누 릴 수도 있을 것이다. 예컨대 소크라테스처럼.

우리는 이 글의 첫머리에서 '최선을 다하지 말자'라는 시인의 다짐에 대해 살펴본 바 있다. 무위의 대응법은 악에 대응하는 데 있어서 최선을 다하지 않는 것이다. 그러나 최선을 다해 악에 대응하지 않는 것은, 도리어 삶을 최선의 수준으로 이끄는 방법이 된다. 다시 한 번, 우리가 매사에 최선을 다하지는 말아야 하는 이유는, 그 럴 때에야 최선의 삶이 가능해지기 때문이라고 할 수 있 다. 이것이, 무위의 대응법이 '매사에 최선을 다하지는 않는' 호모 루덴스의 현실 대응 방법이 될 수 있는 이유 이다.